W9-AUN-729

WITHDRAWN

Un círculo en el cielo

Escrito por Zachary Wilson
Illustrado por JoAnn Adinolfi

Children's Press®
Una división de Scholastic Inc.
Nueva York • Toronto • Londres • Auckland • Sydney
Ciudad de México • Nueva Delhi • Hong Kong
Danbury, Connecticut

FORBES LIBRARY
NORTHAMPTON, MASS

Rookie
READY TO
LEARN
en español

Estimado padre o educador:

Bienvenido a Rookie Ready to Learn en español. Cada Rookie Reader de esta serie incluye páginas de actividades adicionales ¡Aprendamos juntos! que son apropiadas para la edad y ayudan a su niño(a) a estar mejor preparado cuando comience la escuela. *Un círculo en el cielo* les ofrece la oportunidad a usted y a su niño(a) de hablar sobre la importancia de la destreza socio-emocional **de la curiosidad por la naturaleza y la imaginación.**

He aquí las destrezas de educación temprana que usted y su niño encontrarán en las páginas ¡Aprendamos juntos! de *Un círculo en el cielo*:

- formas
- rimas
- el orden de la historia: 1, 2, 3

Esperamos que disfrute esta experiencia de lectura deliciosa y mejorada con su joven aprendiz.

Library of Congress Cataloging-in-Publication Data

Wilson, Zachary, 1975-
  [A circle in the sky. Spanish]
  Un circulo en el cielo/escrito por Zachary Wilson; ilustrado por JoAnn Adinolfi.
    p. cm. — (Rookie ready to learn en español)
  Summary: A child puts together various simple shapes to build a rocket that will fly to the moon. Includes suggested learning activities.
  ISBN 978-0-531-26123-1 (library binding) — ISBN 978-0-531-26791-2 (pbk.)
  [1. Stories in rhyme. 2. Shape—Fiction. 3. Rockets (Aeronautics)—Fiction. 4. Spanish language materials.] I. Adinolfi, JoAnn, ill. II. Title.

  PZ74.3.W63 2011   [E]—dc22   2011010727

Texto © 2012, 2007 Scholastic Inc.
Traducción al español © 2012 Scholastic Inc.
Todos los derechos reservados.
Imprimido en China. 62

Reconocimientos
© 2007 JoAnn Adinolfi ilustraciones de la cubierta y el dorso, páginas 3–38, 40.

SCHOLASTIC, CHILDREN'S PRESS, ROOKIE READY TO LEARN y logos asociados son marcas comerciales registradas de Scholastic Inc.

1 2 3 4 5 6 7 8 9 10 R 18 17 16 15 14 13 12 11

Veo un círculo en el cielo,
blanco y de luz brillante.

4

Tengo unas formas y quiero construir…

un cohete y viajar
a la luna en un
instante.

Usaré una puerta rectangular…

para poder entrar.

Usaré una ventana circular...

y hacia afuera poder mirar.

Usaré una punta triangular...

que me apunte al cielo.

Usaré unas alas triangulares...

y mi cohete alzará el vuelo.

Abajo usaré un cuadrado…

que impulse mi cohete al espacio.

¡Adiós! Nos vemos pronto…

cuando regrese de

la Luna muy despacio.

¡Felicidades!

¡Acabas de terminar de leer *Un círculo en el cielo* y has descubierto las cosas maravillosas que puedes hacer cuando utilizas tu imaginación y juntas algunas formas!

Sobre el autor

Zach Wilson es un maestro de arte en Nueva Jersey. Le gusta trabajar con niños de todas las edades y quiere escribir más libros.

Sobre la ilustradora

JoAnn Adinolfi ha ilustrado muchos libros para niños. Nació y se crió en Staten Island, Nueva York, y ahora vive en Portsmouth, Nueva Hampshire, con su esposo y dos hijos.

Formas por todas partes

(Canta este poema mientras
dibujas las formas
con tu dedo).

Círculo, círculo,
¿dónde has estado?
Círculo, círculo,
en un plato lavado.

Cuadrado, cuadrado,
¿dónde has estado?
Cuadrado, cuadrado,
en un cuadro pintado.

Rectángulo, rectángulo,
a ver si aciertas.
Rectángulo, rectángulo,
en una puerta.

CONSEJO PARA LOS PADRES:
Tras recitar esta rima, invite a su
niño(a) a encontrar con usted
objetos cotidianos con diferentes
formas. Por ejemplo, un plato es
un círculo, el marco de un retrato
puede ser un cuadrado o un
rectángulo y un signo de pare es
un octágono.

Primero, después, al final

La niñita trabajó duro para construir su cohete. Observa cada imagen. ¿Qué está pasando? Señala la imagen que dice lo que pasó **primero**. ¿Qué pasó **después**? ¿Qué pasó **al final**?

CONSEJO PARA LOS PADRES: Haga preguntas que le ayuden a su niño(a) recordar lo que pasa en cada imagen. ¿Qué va a hacer la niña con las formas? ¿A dónde va el cohete? Hablar con su niño(a) sobre lo que pasa en cada imagen y qué ocurre primero, después y al final, es una manera de ayudarle a desarrollar destrezas de comprensión de lectura.

Rookie
READY TO
LEARN
en español

En busca de la forma

Nombra cada forma

mientras la trazas con tu dedo. Luego encuentra cada forma en el cohete. Una vez hayas encontrado todas las formas en el cohete, di: "3, 2, 1, ¡despeguen!".

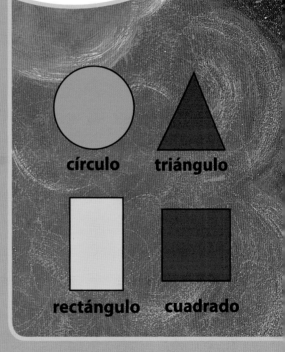

círculo   triángulo

rectángulo   cuadrado

CONSEJO PARA LOS PADRESt: Otra manera de ayudar a su niño a familiarizarse con las diferentes formas es recortando papel para manualidades. Luego anime a su niño(a) a hacer su propio cohete con las formas. Pegue los pedazos a un papel más grande o simplemente recorte las formas y anime a su niño a hacer lo que quiera.

¡A la Luna!

¿Te gustaría ir a la Luna como se lo imaginó esta niña?

Mira al dibujo. ¿Cómo crees que será caminar en la Luna? ¿Qué harías si estuvieras allí?

CONSEJO PARA LOS PADRES: Mire a la luna con su niño(a) en diferentes noches. Comente cómo cambia su forma: Cuando la luna está llena, es un círculo; cuando mengua, es un medio círculo. Anime a su niño a dibujar la luna en sus diferentes etapas en un papel o en un calendario. Proyectos como éste pueden estimular el pensamiento científico temprano y la habilidad de observar.

Estrella, estrellita eres muy bonita

Crea tu propia noche estrellada con este divertido proyecto.

VAS A NECESITAR: **papel blanco** **pegamento en barra**

papel negro **estrellas adhesivas (opcional)**

1

Recorta un círculo y una estrella del papel blanco.

2

Pega la luna y las estrellas en el papel negro. Si tienes estrellitas adhesivas, pégalas en el papel también.

3

Mira tu imagen y di: "Estrella brillante y distante. Luna radiante, ya sea llena o menguante. Te veo en el cielo cambiante".

Lista de palabras de Un círculo en el cielo

(52 palabras)

a	cuadrado	luz	un
al	cuando	mi	una
abajo	de	mirar	unas
adiós	despacio	muy	usaré
afuera	el	nos	vemos
alas	en	poder	ventana
alzará	entrar	pronto	veo
apunte	espacio	puerta	viajar
blanco	formas	punta	vuelo
brillante	hacia	que	y
cielo	instante	rectángulo	
círculo	impulse	regrese	
cohete	la	tengo	
construir	Luna	triángulo	

CONSEJO PARA LOS PADRES: Señale hacia las palabras *mi*, *cohete* y *viajar*. Sumerja a su niño(a) en un juego imaginario. Diga: "Me voy en un cohete y para mi viaje me llevaré... ". Entonces túrnense nombrando lo que se llevarían en su viaje a la luna. Si su niño(a) está familiarizado con los sonidos iniciales de las palabras, pueden turnarse nombrando las cosas que comienzan con la letra a, b, c y así hasta haber recorrido todas las letras del abecedario.